# ¡Plaf!

En ese instante, oyó que Annie se acercaba. Al principio, creyó que ella estaba enfrente de él, pero luego oyó otro ruido que venía por detrás.

—¿Annie, dónde estás?

—¿Qué? —Jack oyó la voz de Annie enfrente de él.

Luego se oyó otro ¡plaf! *detrás* de Jack.

Él se quedó sin respiración. ¿Serían los cocodrilos? No podía ver nada con los lentes mojados.

—¡Annie! —Jack llamó a su hermana en voz muy baja.

## La casa del árbol #2

# El caballero del alba

**Mary Pope Osborne**
**Ilustrado por Sal Murdocca**
**Traducido por Marcela Brovelli**

LECTORUM PUBLICATIONS, INC.
557 BROADWAY, NEW YORK, NY 10012-3919

*Para Nathaniel Pope*

EL CABALLERO DEL ALBA



Published by arrangement with Random House Children's Books, a division of Random House, Inc., 1745 Broadway, New York, NY 10019.



1-930332-50-5

Printed in the U.S.A.

Library of Congress Cataloging-in-Publication Data
Osborne, Mary Pope.
[Knight at dawn. Spanish]
El caballero del alba / Mary Pope Osborne ; ilustrado por Sal Murdocca; traducido por Marcela Brovelli.
p. cm. – (La casa del árbol ; #2)
Summary: Eight-year-old Jack and his younger sister Annie find a magic treehouse to travel back to the Middle Ages, where they explore a castle and are helped by a mysterious knight.
ISBN 1-930332-50-5 (pbk.)
[1. Time travel–Fiction. 2. Castles–Fiction. 3. Middle Ages — Fiction. 4. Knights and knighthood–Fiction. 5. Magic–Fiction. 6. Tree houses–Fiction. 7. Spanish language materials.] I. Murdocca, Sal, ill. II. Brovelli, Marcela. III. Title.
PZ73.0747 2003
[Fic]—dc21
2003005597

# Índice

# El caballero del alba

# 1

# De noche en el bosque

Jack no podía dormir.

Se puso los lentes y miró la hora. Eran las 5:30 de la madrugada, demasiado temprano para levantarse.

El día anterior había vivido muchas cosas extrañas y necesitaba encontrar una explicación.

Encendió la luz, tomó su cuaderno y se puso a revisar la lista que había escrito antes de acostarse.

*En el bosque descubrimos una casa arriba de un árbol.*
*Dentro encontramos un montón de libros.*
*Señalé el dibujo de un Pterodáctilo en un libro.*
*Pedí un deseo.*
*Viajamos a la época de los dinosaurios.*
*Señalé el dibujo del bosque en Frog Creek.*
*Pedí un deseo.*
*Regresamos a nuestra casa.*

Jack se acomodó los lentes. ¿Quién iba a creerle algo de todo esto?

Ni su madre. Ni su padre. Y tampoco su maestra de tercer grado, la señorita Watkins. La única que podía creerle era Annie, su hermana de siete años. Ella había viajado con él a la época de los dinosaurios.

—¿No puedes dormir?

Era Annie. Estaba parada en la puerta de la habitación de Jack.

—No —contestó él.

—Yo tampoco. ¿Qué haces?

Annie se acercó a su hermano y se puso a leer la lista que él había escrito la noche anterior.

—¿No vas a escribir nada acerca de la medalla de oro? —preguntó Annie.

—¿Te refieres al medallón de oro? —agregó Jack. Luego tomó el lápiz y escribió:

*En la época de los dinosaurios encontramos un* 

—La medalla dorada tiene grabada la letra "M". ¿Por qué no la dibujas?

—No es una medalla, Annie. Es un medallón.

Jack dibujó la letra M del medallón:

—¿No piensas escribir nada acerca del mago?

—No sabemos si existe, Annie. No lo hemos visto —dijo Jack.

—Bueno, la casa del árbol está allí porque alguien la construyó. ¿Y los libros? Alguien tiene que haberlos puesto en la casa. ¿Cómo llegó la medalla de oro a la época de los dinosaurios? Alguien tiene que haberla dejado allí.

—¡Es un medallón! —volvió a repetir Jack por tercera vez—. Además, sólo estoy anotando los hechos. Las cosas que vimos.

—Volvamos a la casa del árbol ahora mismo —dijo Annie—. Veamos si el mago existe.

—¿Estás loca? Todavía es de noche.

—¡Vamos! Si nos apuramos tal vez lo encontremos durmiendo.

—Creo que no debemos ir, Annie. ¿Y si

"el mago" es alguien malo y no quiere que ningún niño descubra la casa del árbol?

—Yo voy a ir igual —dijo Annie.

Jack miró por la ventana y contempló el cielo, de color gris oscuro. Estaba a punto de amanecer.

—De acuerdo —dijo Jack resoplando—. Vamos a vestirnos. Te espero en la puerta de atrás. No hagas ruido.

—¡Sí! —dijo Annie en voz baja, alejándose de puntillas, silenciosa como un ratón.

Jack se puso el pantalón vaquero, una sudadera gruesa y los tenis. Y bajó por la escalera.

Annie lo esperaba junto a la puerta de atrás. Al ver a su hermano, lo enfocó con una luz y dijo: —¡Abracadabra! ¡Mira mi vara mágica!

—¡Sssh! No despiertes a mamá y a papá —susurró Jack—. Y apaga esa linterna. No quiero que nadie nos vea.

Annie dijo que sí con la cabeza, apagó la linterna y se la colgó del cinturón.

Ambos salieron de la casa por la puerta de atrás. El aire de la madrugada aún estaba frío. Todavía se oía el cantar de los grillos. El perro del vecino ladraba sin parar.

—Tranquilo, Henry —susurró Annie.

El perro dejó de ladrar en el acto. Al parecer, cuando Annie le hablaba a los animales, ellos le obedecían en el acto.

—¡Corramos! —dijo Jack.

Y se esfumaron a toda prisa en medio de la oscuridad, atravesando el césped húmedo sin detenerse, hasta llegar al bosque.

—Está muy oscuro —dijo Jack.

Annie se quitó la linterna del cinturón y la encendió.

Paso a paso, ambos se abrieron camino entre los árboles. El corazón de Jack latía desesperadamente. La oscuridad del bosque era aterradora.

—¡Te tengo! —dijo Annie, de repente, enfocando a su hermano con la linterna.

Jack retrocedió de un salto y frunció el entrecejo.

—¡Basta ya! —dijo.

—¿Te asusté? —preguntó Annie.

Jack la miró enojado.

—¡Basta de bromas! Esto es serio, Annie.

—Está bien. Está bien.

Luego, Annie se puso a alumbrar la copa de los árboles.

—¿Y ahora qué haces? —preguntó Jack.

—¡Busco la casa del árbol!

De pronto, la luz de la linterna alumbró en una sola dirección.

La misteriosa casa del árbol estaba allí. En la copa del árbol más alto.

Annie alumbró la casa y recorrió la escalera con la luz de la linterna.

—Voy a subir —dijo, sujetando la linterna con decisión.

—¡Espera! —gritó Jack—. ¿Y si hay alguien en la casa?

—¡Regresa!

Pero Annie continuó subiendo los escalones sin detenerse. La luz desapareció, y Jack se quedó solo en la oscuridad.

# 2

# Volver a partir

—¡No hay nadie! —gritó Annie desde arriba.

Jack pensó en marcharse pero, en ese momento, recordó todos los libros que había visto en la casa del árbol.

Sin dudarlo, comenzó a subir por la escalera, y cuando estaba a punto de llegar, a lo lejos, divisó una luz muy tenue en el cielo. Empezaba a amanecer.

Jack atravesó el agujero de la entrada en cuatro patas y se quitó la mochila de la espalda.

Dentro de la casa estaba muy oscuro.

Sólo se veía la luz de la linterna. Annie

estaba entretenida alumbrando los libros desparramados por toda la casa.

—Todavía están aquí, Jack.

Annie alumbró con la linterna un libro de dinosaurios. Era el que los había llevado a la época de la prehistoria.

—¿Recuerdas el Tiranosaurio? —preguntó Annie.

Jack empezó a temblar como una hoja. ¡Por supuesto que lo recordaba! Nadie que hubiera visto un Tiranosaurio vivo podría olvidarlo.

Annie alumbró con la linterna un libro de Pensilvania. Un marcador rojo de seda sobresalía de una de las páginas.

—¿Recuerdas el dibujo de Frog Creek, Jack?

—¡Claro que lo recuerdo! —respondió Jack.

Aquel libro los había traído de regreso a casa.

—Ahí está mi libro favorito —dijo Annie

mientras alumbraba un libro de castillos y caballeros que tenía un marcador de cuero de color azul.

Annie dio vuelta a la página con el marcador y encontró un dibujo de un caballero montado en un caballo negro, que se dirigía hacia un castillo.

—Cierra ese libro, Annie —dijo Jack—. Sé lo que estás pensando.

Annie señaló el dibujo del caballero.

—¡No lo hagas, Annie!

—Queremos ver a este caballero en persona.

—¡Yo no, Annie! ¡Tú eres quien lo quiere! —gritó Jack.

En ese instante, se oyó un sonido muy extraño, similar al relincho de un caballo.

De inmediato, ambos se asomaron por la ventana, y Annie alumbró el suelo con la linterna.

—¡Oh, no! —susurró Jack.

—¡Un caballero! —dijo Annie.

¡Era un caballero, con armadura y todo! ¡Montado en un caballo negro! ¡En medio del bosque de Frog Creek!

Luego, el viento dejó oír su quejido. Las hojas empezaron a temblar.

Iba a suceder otra vez.

—¡Nos vamos! —gritó Annie—. ¡Tírate al suelo, Jack!

El viento sopló con más fuerza. Las hojas temblaban sin cesar.

La casa del árbol comenzó a dar vueltas. Cada vez giraba con más y más rapidez.

Jack cerró los ojos con fuerza.

Luego, todo quedó en silencio. Un silencio absoluto.

Jack abrió los ojos. No podía dejar de temblar. El aire estaba frío y húmedo.

Una vez más, desde afuera se oyó un relincho.

—Creo que estamos aquí —dijo Annie en voz baja. Todavía tenía el libro del castillo en la mano.

Jack se asomó a la ventana para ver.

A través de la neblina, divisó un enorme castillo que parecía suspendido en el aire.

Jack observó el bosque y los alrededores. La casa del árbol ya no estaba en la copa del mismo roble. Más abajo, en el bosque, el caballero cabalgaba en su caballo negro.

—No podemos quedarnos aquí —dijo Jack—. Tenemos que ir a casa para preparar un plan. Luego tomó el libro de Pensilvania y lo abrió en la página que indicaba el marcador rojo de seda. Señalo el bosque de Frog Creek y dijo: —Deseo que...

—¡No! —gritó Annie, arrancándole el libro de las manos a Jack—. ¡Quedémonos, por favor! ¡Quiero visitar el castillo!

—¿Estás loca? Primero tenemos que estudiar la situación desde casa.

—¡Hagámoslo desde aquí mismo! —sugirió Annie.

—Vamos, dámelo —dijo Jack estirando el brazo para agarrar el libro.

Annie se lo devolvió.

—Muy bien. Vete a casa si quieres. Yo me quedaré —dijo Annie colgándose la linterna del cinturón.

—¡Espera, Annie!

—Voy a echar un vistazo. Sólo tardaré un minuto —dijo Annie bajando por la escalera.

Jack se quedó refunfuñando. Muy bien. Annie había ganado. No podía dejarla sola. Además, Jack también sentía mucha curiosidad.

Antes de salir de la casa, dejó el libro de Pensilvania en el suelo.

Luego guardó el libro del castillo dentro de la mochila y se dirigió hacia la escalera. Todavía estaba fresco y había mucha neblina.

# 3

# Al otro lado del puente

Annie estaba parada debajo del árbol, tratando de ver más allá de la neblina.

—Creo que el caballero cruzó por aquel puente en su caballo —dijo Annie—. El puente se comunica con el castillo.

—Espera, voy a ver —dijo Jack—. Dame la linterna.

Jack tomó la linterna y sacó el libro del castillo de la mochila. Lo abrió en la página que marcaba el marcador de cuero.

Debajo del dibujo del caballero decía:

**El caballero se dirige a una fiesta en el castillo. Los caballeros medievales siempre usaban una armadura para protegerse del peligro en las travesías más largas. La armadura solía ser muy pesada. El casco solo podía pesar más de cuarenta libras.**

Guau. Ése era el peso de Jack a los cinco años. O sea que, llevar un casco de cuarenta libras, era como cargar a un niño de cinco años sobre la cabeza.

Jack sacó su cuaderno de la mochila. Quería escribir algunas cosas, como lo había hecho en la época de los dinosaurios:

*Cabeza pesada*

¿Qué más?

Mientras Jack hojeaba el libro encontró un dibujo del castillo y de otras edificaciones del lugar.

—El caballero está cruzando el puente —dijo Annie—. Va a entrar en el castillo... Ya no lo veo.

Jack observó el puente en el dibujo del libro:

> **El puente colgante se extendía sobre un foso lleno de agua que servía para proteger al castillo de los enemigos. Algunas personas creían que el foso estaba lleno de cocodrilos.**

Luego, Jack escribió lo siguiente:

*¿Cocodrilos en el foso?*

—¡Mira, Jack! —dijo Annie tratando de ver a través de la bruma—. ¡Un molino de viento! ¡Allí, mira!

—¡Sí! ¡Aquí también hay un molino! —dijo Jack, con el dedo sobre el dibujo del castillo.

—No mires el que aparece en el libro, Jack. Mira el *verdadero*.

Un chillido punzante quebró la calma del lugar.

—¡Ay! ¿Qué fue eso? ¡Parece que vino de aquella pequeña casa! —dijo Annie señalando una casa, casi cubierta por la neblina.

—*Aquí* también hay una casa pequeña —dijo Jack observando el dibujo. Dio vuelta a la página y leyó lo siguiente:

> **La casilla del halcón estaba situada en el patio del castillo. Los halcones eran entrenados para cazar aves y animales pequeños.**

Jack escribió lo siguiente en su cuaderno:

*Casas pequeñas para los halcones*

—¿Oyes lo que yo oigo, Jack? —susurró Annie—. ¿Puedes oír? Viene del castillo. ¡Son tambores y trompetas! Vayamos a ver.

—Espera —dijo Jack hojeando el libro con rapidez.

—Quiero ver lo que pasa en *este* castillo, Jack. No me interesa el del dibujo.

—¡Mira esto, Annie! —dijo Jack mostrándole a su hermana el dibujo de una gran fiesta.

En la puerta del salón, había hombres haciendo sonar las trompetas y tocando los tambores.

Debajo del dibujo decía:

**En las fiestas, que se celebraban en el salón central del castillo, la fanfarria anunciaba la llegada de cada plato.**

—Tú quédate mirando el libro. Yo iré a una fiesta con gente de verdad —dijo Annie.

—Espera —dijo Jack mientras observaba el dibujo con atención, en el que se veía a niños de su edad con bandejas repletas de comida: cerdos enteros, pasteles y faisanes con plumas y todo. *¿Faisanes?*

Jack escribió en su cuaderno:

¿Comían faisanes?

—Mira, creo que comían... —dijo Jack alzando el libro para mostrárselo a su hermana.

Pero, ¿dónde estaba Annie? ¿Se había marchado otra vez?

Jack miró a su alrededor a través de la neblina. En ese momento, oyó el sonido real de los tambores y las trompetas. Vio la casilla del halcón, el molino de viento y el foso. Todo lo que tenía ante los ojos era real.

En ese instante, vio a Annie cruzar el puente que conducía al castillo y desaparecer por la entrada de acceso al patio.

# 4

# En el castillo

—La voy a matar —murmuró Jack enojado.

Rápidamente, guardó sus cosas en la mochila y se dirigió hacia el puente colgante. Tenía la esperanza de que nadie lo viera.

Oscurecía. No faltaba mucho para el anochecer.

Cuando Jack cruzaba el puente oyó el crujir de la madera debajo de sus pies. Intrigado, miró hacia abajo por encima del borde del puente. ¿Habría cocodrilos en el foso? Jack no sabría decirlo.

—¡Alto! —gritó alguien inesperadamente. Era uno de los guardias del castillo que observaba a Jack desde la terraza.

Al oír el grito del guardia, Jack cruzó el puente con la rapidez de un rayo, atravesó la entrada y se internó en el patio.

Desde allí se oía la música, las risas y los gritos que venían del interior del castillo.

Jack se escondió en un oscuro recoveco, mirando hacia todos lados en busca de su hermana. No podía dejar de temblar.

La gran muralla que protegía el patio, casi desierto, estaba iluminada por antorchas.

Sólo se veían dos niños que llevaban unos caballos por el camino de adoquines.

De pronto, se oyó un relincho.

Jack se dio vuelta enseguida. ¡Era el caballero, montado en su caballo negro!

Jack se esforzó por divisar algo a su alrededor. Estaba muy oscuro.

Annie estaba cerca. Se había escondido detrás de un pozo ubicado en el medio del patio. Desde allí le hacía señas a Jack para que la viera.

Al ver a su hermana, Jack levantó el brazo y esperó hasta que los niños y los caballos entraron en el establo. En cuanto tuvo el camino libre corrió hacia ella.

—Quiero ver de dónde viene la música —dijo Annie—. ¿Vienes conmigo?

—Está bien —dijo Jack resignado.

Caminaron juntos de puntillas por el camino de adoquines y atravesaron la entrada de acceso al castillo.

La música y los ruidos provenían de un salón muy iluminado que estaba justo enfrente de ellos. Los dos se quedaron escondidos cerca de la puerta para ver lo que sucedía.

—¡Es la fiesta del Gran Salón! —exclamó Jack casi sin voz ante tanto despliegue.

En una esquina del ruidoso salón había una gran chimenea encendida. De las paredes de piedra colgaban tapices y algunos cuernos de ciervo. El suelo estaba adornado con flores. Y se veían niños con vestidos cortos llevando bandejas repletas de comida.

Debajo de las mesas se veían perros peleándose por un hueso.

Había gente vestida con ropa de colores muy brillantes, con sombreros muy extraños, que se paseaban entre la multitud.

Algunos tocaban unas guitarras muy raras. Otros hacían malabarismos con unas pelotas muy pequeñas, y otros, jugaban a mantener la espada erguida sobre la palma de la mano sin que se cayera.

Hombres y mujeres estaban sentados a una larga mesa de madera, repleta de comida.

—Me pregunto cuál de todos estos hombres será el caballero —dijo Jack.

—No lo sé —respondió Annie en voz baja—. ¿Te has fijado en que todos comen con las manos?

De repente, a espaldas de Annie y Jack, se oyó un grito.

Jack se dio vuelta bruscamente.

Ante sus ojos, vio a un hombre con una bandeja llena de pasteles.

—¿Quiénes son ustedes? —preguntó el hombre muy enojado.

Soy Jack —dijo con voz temblorosa.

—Yo soy Annie —dijo ella asustada.

Y salieron corriendo por el pasillo, casi a oscuras, tan rápido como pudieron.

# 5

# Atrapados

—¡Apúrate! —gritó Annie.

Jack corría detrás de su hermana a toda velocidad.

¿Los estarían siguiendo?

—¡Por aquí, Jack! ¡Rápido! —dijo Annie con voz agitada mientras abría una puerta al final del pasillo.

Casi a tropezones, entraron en una oscura y fría habitación. La puerta se cerró con fuerza detrás de ellos.

—¡Dame la linterna, Jack! —Annie la encendió enseguida.

¡Guau! ¡Justo enfrente de ellos descubrieron una larga hilera de caballeros medievales!

Annie apagó la linterna.

Todo estaba en silencio.

—No se mueve ninguno —murmuró Jack.

Annie volvió a encender la linterna.

—Son sólo armaduras —dijo Jack.

—Les falta la cabeza, Jack.

—Préstame la linterna, Annie. Quiero echar un vistazo al libro.

Jack tomó el libro del castillo y lo hojeó hasta que encontró lo que buscaba. Luego, lo guardó y dijo: —Estamos en la armería. Es el lugar donde guardan las armaduras y las armas.

Jack alumbró el resto de la habitación.

—¡Uy! —susurró Jack.

La luz de la linterna cayó sobre una brillante coraza de metal. Bajo la tenue luz, Jack contempló casi todo lo que había allí: Armaduras, cascos, armas, lanzas, garrotes, ballestas y espadas.

De pronto, se oyó ruido en el pasillo. ¡Eran voces!

—¡Tenemos que escondernos, Jack!

—Espera, primero tengo que investigar algo.

—Date prisa.

—Sólo tardaré un minuto, sostén la linterna.

Jack trató de levantar uno de los yelmos que estaba en el estante. Era muy pesado.

En un esfuerzo por colocárselo, Jack arrastró el yelmo hacia él, se inclinó hacia adelante y logró colocárselo. El visor se cerró de golpe.

Era *peor* que tener a un niño de cinco años sobre la cabeza. En realidad, era como llevar a uno de diez.

Jack no sólo no podía mover la cabeza. Tampoco podía ver.

—¡Jack! —la voz de Annie se oyó a lo lejos—. ¡Se acercan!

—¡Apaga la linterna, Annie! —la voz de Jack retumbó dentro de la pieza de metal.

Jack hizo un intento por quitarse el yelmo.

De repente, perdió el equilibrio y cayó sobre las otras piezas de metal.

Los escudos y algunas otras armas se estrellaron contra el piso.

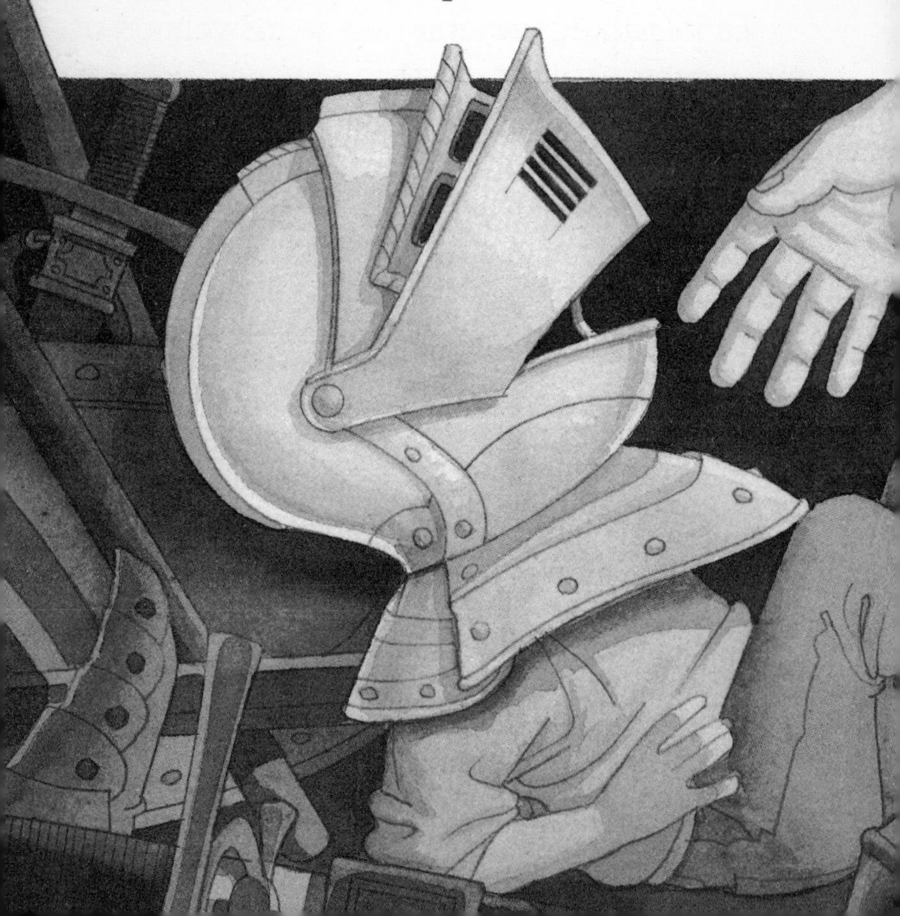

Jack quedó tendido en el suelo a oscuras. Trató de levantarse pero la cabeza le pesaba demasiado.

En ese instante, oyó voces cerca de él. Lo agarraron del brazo por la fuerza y le sacaron el yelmo bruscamente. Jack quedó iluminado ante la potente llama de una antorcha.

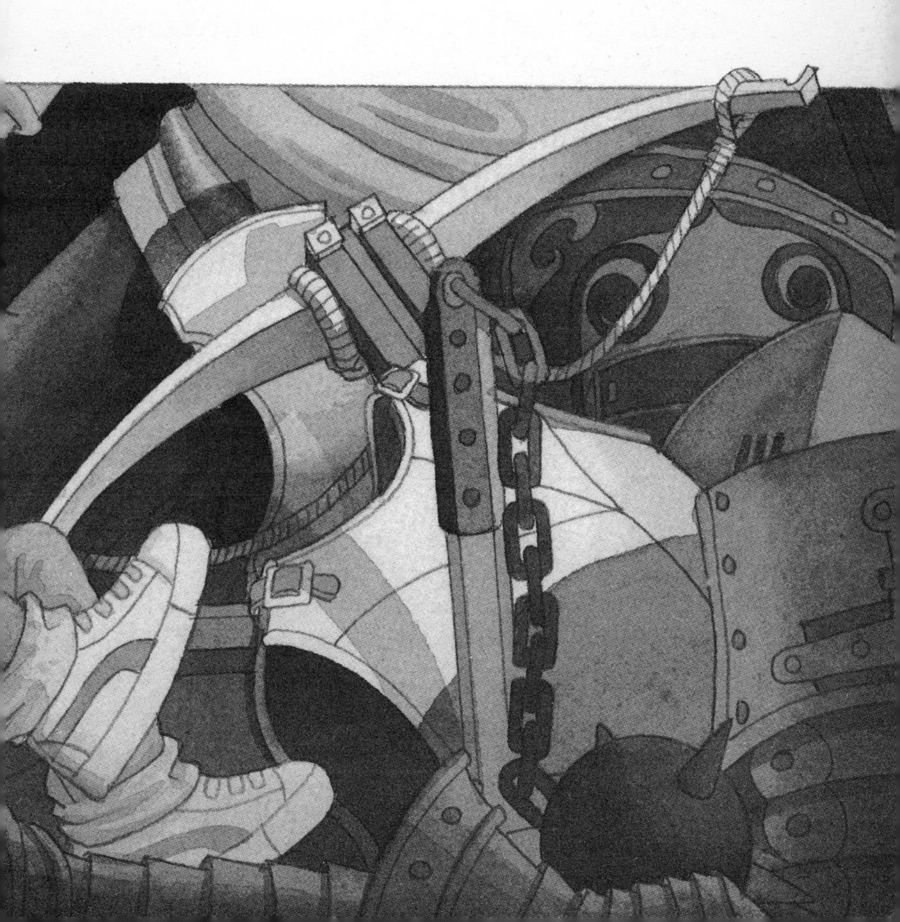

# 6

# ¡Abracadabra!

La luz de la antorcha reveló la presencia de tres hombres gigantescos, que observaban a Jack sin quitarle los ojos de encima.

Uno de ellos, el bizco, sostenía la antorcha.

Otro, el del rostro colorado, tenía agarrado a Jack del brazo.

Y el otro, el de bigote largo, no dejaba que Annie se escapara.

Annie, mientras tanto, se defendía gritando y dando patadas.

—¿Quiénes son ustedes? —preguntó el hombre de rostro colorado.

—¿Son espías? ¿Extranjeros? ¿Egipcios? ¿Romanos? ¿Persas? —preguntó el bizco.

—¡No! ¡Tontos! —dijo Annie.

—¡Oh, no! —murmuró Jack.

—¡Arréstenlos! —dijo Cara Roja.

—¡Al calabozo! —dijo Bizco.

Los guardias sacaron a Jack y a Annie fuera de la armería. Al salir, Jack miró hacia atrás desesperado. ¿Dónde se habría quedado su mochila?

—¡Andando! —le dijo uno de los guardias a Jack dándole un empujón.

Él obedeció sin resistirse.

Todos juntos marcharon por el pasillo largo y oscuro: Bizco, Annie, Bigotes, Jack y Cara Roja.

Mientras bajaban por una angosta escalera de caracol, Annie empezó a gritarles a los guardias.

—¡Tontos! ¡Miserables! ¡Nosotros no hemos hecho nada! ¡Déjennos en paz!

Los guardias se echaron a reír a carcajadas. No tomaban en serio a Annie.

Al pie de la escalera había una enorme puerta de hierro con un barrote atravesado.

Bizco levantó el barrote y empujó la pesada puerta para poder abrirla. Se oyó el crujido de las bisagras.

Annie y Jack fueron llevados a un calabozo muy frío y húmedo.

La antorcha iluminaba por completo el deplorable lugar. De las paredes inmundas, llenas de suciedad, colgaban unas cadenas muy largas. Sobre el suelo de piedra se habían formado varios charcos con el agua que caía del techo. Jack jamás había visto un lugar tan horrible.

—Se quedarán aquí hasta que termine la fiesta. Luego los llevaremos ante el Duque —dijo Bizco—. Él sabe cómo tratar a los ladrones.

—Mañana habrá ejecuciones en la horca —dijo Bigotes.

—Si las ratas no se los comen antes... —agregó Cara Roja.

Los tres guardias se rieron a carcajadas.

Jack miró a su hermana. Annie tenía su mochila y trataba de abrir el cierre sin que nadie se diera cuenta.

—Vamos a encadenarlos —dijo Bizco.

Cuando los guardias trataron de agarrar a Jack, Annie sacó la linterna de la mochila.

—¡Abracadabra! —gritó Annie.

Los guardias se quedaron paralizados mirando la linterna.

Cuando ella la encendió, los tres hombres retrocedieron de un salto. Estaban aterrados.

A Bizco se le cayó la antorcha al suelo, justo sobre uno de los charcos de agua podrida, y el fuego se extinguió en el acto.

—¡Cuidado con mi vara mágica! —dijo Annie balanceando la linterna—. ¡Al suelo! ¡O los hago desaparecer!

Jack se quedó con la boca abierta.

Annie enfocó la linterna directamente a los ojos de uno de los guardias. Luego, enfocó a los otros dos.

Los tres se cubrieron el rostro con las manos, aullando como lobos espantados.

—¡Vamos, al suelo! ¡Los tres! —gritó Annie.

Uno por uno, los guardias se echaron al suelo.

Jack no podía creer lo que veía.

—¡Vámonos! —le dijo Annie a su hermano.

Jack miró hacia la puerta y luego echó un último vistazo a los guardias, que temblaban como hojas tiradas en el suelo.

—¡Date prisa! —dijo Annie junto a la puerta.

Jack se acercó a su hermana de un salto y ambos abandonaron el desolador calabozo.

# 7

# El pasadizo secreto

Annie y Jack subieron corriendo por la escalera de caracol y atravesaron el pasillo.

No pasó mucho tiempo hasta que volvieron a oír voces detrás de ellos.

A lo lejos se oían algunos ladridos.

—¡Ahí vienen! —dijo Annie lamentándose.

—¡Ven! ¡Entremos! —agregó Jack abriendo una puerta de acceso a una habitación oscura.

Tan pronto los niños entraron, la puerta se cerró, y Annie inspeccionó la habitación con la luz de la linterna. Estaba llena de sacos de arpillera y de barriles de madera.

—Será mejor que consulte el libro —dijo Jack—. ¡Dámelo!

Annie le dio la linterna y la mochila. Jack empezó a hojear el libro, página tras página.

—¡Sssh! —exclamó Annie—. Alguien viene.

Cuando Annie y Jack oyeron el crujido de la puerta al entreabrirse, se escondieron detrás de ella.

Jack contuvo la respiración para que no los descubrieran. La llama potente de una antorcha iluminó toda la habitación, formando siluetas que bailaban sobre los sacos y los barriles.

Luego, la luz desapareció. Y la puerta se cerró.

—¡Recórcholis! —murmuró Jack—. Tenemos que apurarnos. Es posible que vuelvan. Las manos le temblaban mientras daba vuelta a las páginas del libro.

—Aquí hay un mapa del castillo, Annie. Mira, ésta debe de ser la habitación en que estamos ahora. Es un almacén —Jack se quedó estudiando el dibujo.

—Los sacos tienen harina y en los barriles hay vino.

—¿A quién le importa eso? ¡Tenemos que irnos antes de que nos encuentren, Jack!

—Espera, Annie, mira —dijo Jack mientras observaba el dibujo—. Aquí hay una puerta secreta.

Jack leyó lo que decía:

**Esta puerta comunica el almacén con un pasadizo secreto que culmina en un precipicio en lo alto del foso.**

—¿Qué es un precipicio, Jack?

—No lo sé. Ya lo averiguaremos. Primero tenemos que encontrar la puerta.

Jack observó el dibujo cuidadosamente. Y luego recorrió toda la habitación observando cada rincón, sin perder detalle.

El suelo era de piedra. La puerta del dibujo estaba ubicada a cinco piedras de distancia de la puerta de salida al pasillo.

Jack alumbró el suelo y contó las piedras.

—Una, dos, tres, cuatro y cinco...

Se paró sobre la quinta piedra. Y notó algo raro. ¡La piedra estaba suelta!

Puso la linterna en el suelo y tanteó el borde de la piedra para levantarla.

—Ayúdame —dijo Jack.

Annie se acercó a su hermano y lo ayudó a quitar la piedra cuadrada de su lugar. Debajo de la piedra había una pequeña puerta de madera.

Annie y Jack tiraron del picaporte de soga y la puerta se abrió de golpe.

Jack levantó la linterna y alumbró el agujero de la entrada.

—Hay una escalera pequeña. ¡Vamos, Annie!

Jack se colgó la linterna del pantalón y empezó a bajar los escalones. Annie iba detrás de él.

Cuando llegaron al pie de la escalera, Jack alumbró el lugar.

¡Había un túnel!

Jack se agachó y comenzó a deslizarse por el túnel húmedo y tenebroso. La luz de la linterna apenas iluminaba las paredes de piedra.

En ese instante, la linterna empezó a titilar, ¿acaso se estaba quedando sin pilas?

—¡Creo que estamos a punto de quedarnos a oscuras! —dijo Jack.

—Apúrate —dijo Annie.

Jack apresuró la marcha. Le dolía la espalda de estar tanto tiempo agachado.

La luz era cada vez más tenue.

Jack estaba desesperado por abandonar el castillo antes de quedar completamente a oscuras.

Luego, se encontró con otra pequeña puerta de madera. ¡Era la puerta al final del túnel! La abrió con cuidado y asomó la cabeza del otro lado del túnel.

No podía ver nada. Estaba completamente oscuro y, además, había mucha neblina.

El aire se sentía agradable, fresco y saludable.

Jack respiró profundo.

—¿Dónde estamos? —preguntó Annie en voz muy baja—. ¿Ves algo?

—No se ve nada. Pero creo que estamos en la salida del castillo —respondió Jack—. Voy a averiguarlo.

Jack guardó la linterna y se colgó la mochila de los hombros. Estiró la mano para tocar el suelo, pero no pudo encontrarlo. Su mano flotaba en el aire.

—Creo que voy a tener que probar con los pies.

Jack se puso boca abajo y se esforzó por llevar los pies hacia delante. El túnel era demasiado angosto.

Primero estiró una pierna y después la otra.

Poco a poco, descendió unas pulgadas hasta que quedó colgando del borde del agujero.

—¡Éste debe de ser el precipicio! ¡Súbeme, Annie!

Annie agarró a su hermano de las manos:

—¡No puedo sostenerte!

Jack sintió que las manos de su hermana se resbalaban poco a poco.

Hasta que ya no pudo sostenerlo más.

Jack cayó por el oscuro precipicio.

¡Plaf!

# 8

# El caballero

La cabeza de Jack quedó bajo el agua. Se le salieron los lentes, pero pudo agarrarlos justo a tiempo. Como le había entrado agua por la nariz, empezó a toser y a agitar los brazos.

—¡Jack! —gritó Annie desde arriba.

—¡Estoy en el... foso! —gritó Jack intentando respirar y quitándose el agua del rostro para ponerse los lentes. Con la mochila en la espalda, los zapatos puestos y la ropa, casi no podía mantenerse a flote.

¡Plaf!

—¡Hey! ¡Estoy aquí! —gritó Annie con voz temerosa.

Jack podía oír que su hermana estaba cerca. Pero no podía verla.

—¿Jack, dónde está la orilla?

—¡Trata de nadar!

Jack nadaba como un perro asustado en medio de la oscuridad y el frío del foso.

En ese instante, oyó que Annie se acercaba. Al principio, creyó que ella estaba enfrente de él, pero luego oyó otro ruido que venía por detrás.

—¿Annie, dónde estás?

—¿Qué? —Jack oyó la voz de Annie enfrente de él.

Luego se oyó otro ¡plaf! *detrás* de Jack.

Él se quedó sin respiración. ¿Serían los cocodrilos? No podía ver nada con los lentes mojados.

—¡Annie! —Jack llamó a su hermana en voz muy baja.

—¿Qué sucede, Jack?

—Nada más rápido.

—¡Pero ya estoy en la orilla! —susurró Annie.

Jack nadó a oscuras, guiándose por la voz de su hermana. Tenía la sensación de que un cocodrilo lo perseguía.

En ese momento, se oyó un ruido, no demasiado lejos.

Jack tocó algo húmedo y suave.

—¡Ahhh! —gritó asustado.

—¡Soy yo! ¡Agarra mi mano! —dijo Annie.

Jack se agarró de la mano de su hermana y ella lo llevó hacia la orilla del foso. Treparon por encima de un terraplén y se acostaron en el césped húmedo.

¡Estaban a salvo!

En el foso, se oyó otro ruido.

—¡Ay, Dios! —exclamó Jack. No podía dejar de temblar. Sus dientes rechinaban constantemente. Secó los lentes y se los volvió a poner.

Había tanta neblina que no podía ver el castillo. Tampoco podía distinguir el foso y, mucho menos, los cocodrilos.

—¡Lo logramos, Jack! —dijo Annie. Sus dientes rechinaban sin cesar.

—Lo sé, Annie. Pero quisiera saber dónde estamos —dijo Jack tratando de distinguir algo entre la oscuridad y la neblina.

¿Dónde estaba el puente colgante, el molino, la casilla del halcón, el bosque y la casa del árbol?

Todo había desaparecido bajo la espesa oscuridad.

Jack buscó dentro de la mochila, toda mojada, y sacó la linterna. Trató de encenderla pero fue inútil.

Estaban atrapados. Sólo que esta vez no estaban en un calabozo. Sino en medio de la fría y quieta oscuridad.

De pronto, se oyó un relincho.

Las nubes se disiparon. Y, en el cielo, apareció una brillante luna llena.

Una ola de luz disolvió la neblina.

Luego, Annie y Jack lo vieron a unos pocos pasos. Era el caballero.

Estaba montado en su caballo negro. La armadura brillaba con el resplandor de la luna. El visor le cubría el rostro. Pero, al parecer, tenía la mirada fija en una misma dirección: Annie y Jack.

# 9

# Bajo la luna

Jack se quedó paralizado.

—Es él —dijo Annie en voz baja.

El caballero extendió el brazo e hizo una seña.

—Vamos, Jack —dijo Annie.

—¿Adónde vas? —preguntó Jack.

—Quiere ayudarnos —agregó Annie.

—¿Cómo lo sabes?

—Tengo una corazonada.

Annie se acercó al caballero y él desmontó de inmediato.

Luego la levantó en los brazos y la sentó sobre la montura.

—Ven, anímate —dijo Annie.

Jack se acercó al caballero y él lo sentó detrás de Annie. Parecía un sueño.

Luego, el caballero se sentó detrás de los niños y tomó las riendas.

El caballo negro avanzó a galope bordeando el foso iluminado por la luna.

Jack se balanceaba hacia delante y hacia atrás sentado sobre la montura. El viento le agitaba el cabello. Se sentía valiente y poderoso. Tanto, que sintió el deseo de galopar para siempre junto al caballero, por el océano, por todo el mundo, hasta llegar a la luna.

A lo lejos se oyó el chillido de un halcón.

—Allí está la casa del árbol —dijo Annie, señalando el bosque.

El caballero condujo su caballo por entre los árboles.

—¿La ves? ¡Ahí está! —dijo Annie señalando la escalera.

El caballero detuvo el caballo. Desmontó y ayudó a los niños a bajarse.

—Gracias, señor —dijo Annie haciendo una reverencia.

Jack le dio las gracias al caballero y se inclinó hacia delante para hacer una reverencia.

Luego, el caballero montó en su caballo negro, saludó a los niños y desapareció entre la neblina.

Annie y Jack subieron por la escalera, entraron en la casa y se asomaron a la ventana.

A lo lejos, divisaron la silueta del caballero atravesando la entrada externa del castillo.

Las nubes empezaron a cubrir la luna otra vez.

Por un momento, Jack tuvo la sensación de ver brillar la armadura del caballero sobre una colina, más allá del castillo.

La luna quedó atrapada detrás de las nubes. Y una oscura niebla cubrió el suelo.

—Se fue —murmuró Annie.

Jack se quedó mirando fijamente hacia la nada, temblando como una hoja, por la ropa húmeda.

—Tengo frío —dijo Annie—. ¿Dónde está el libro de Pensilvania?

Mientras Jack miraba por la ventana oyó que Annie revolvía a tientas entre los libros.

—Creo que es éste —dijo Annie tocando el marcador de seda.

Jack no le prestaba demasiada atención. Todavía no había perdido las esperanzas de volver a ver al caballero, a lo lejos.

—Bueno, voy a elegir éste. Creo que es el correcto —agregó Annie.

—Allá vamos. Muy bien. Primero pongo

el dedo en el dibujo y después pido un deseo. ¡Queremos regresar a Frog Creek!

Jack notó que el viento empezaba a soplar. Al principio, muy despacio.

—Espero haber elegido el libro y el dibujo correctos —dijo Annie.

—¿Qué dijiste? ¿El libro correcto y el dibujo correcto? —preguntó Jack.

La casa del árbol comenzó a balancearse. El viento empezó a soplar con más y más fuerza.

—¡Espero no haber elegido el libro de los dinosaurios! —agregó Annie.

—¡Detente! —le ordenó Jack a la casa del árbol.

Era demasiado tarde.

La casa empezó a dar vueltas sobre sí misma. ¡Más y más fuerte!

El viento soplaba con furia.

Luego, todo quedó en silencio.

Un silencio absoluto.

# 10

# Un misterio resuelto

El aire era cálido.

Era al amanecer. A lo lejos, se oía un ladrido.

—Ése debe de ser Henry —dijo Annie—. *Estamos* en casa.

Annie y Jack se asomaron por la ventana.

A lo lejos, las luces iluminaban la calle de la casa de los niños.

En la habitación de Jack estaba la luz encendida.

—¡Uy, no! Creo que mamá y papá están despiertos —dijo Annie—. ¡Tenemos que apurarnos!

—Espera —dijo Jack y en un segundo abrió el cierre de la mochila. Sacó el libro del castillo, todavía húmedo, y lo puso junto con los demás libros.

—¡Vamos, rápido! —dijo Annie mientras se dirigía hacia el agujero para salir.

Luego bajaron por la escalera. Se internaron en la oscuridad del bosque. Y corrieron a toda velocidad por la calle desierta.

Llegaron al jardín de la entrada y entraron en la casa por la puerta de atrás.

—Todavía están arriba —susurró Annie.

—¡Sssh! —exclamó Jack mientras subía por la escalera hacia la planta alta.

No había señales de sus padres, pero en el baño se oía el ruido de la ducha.

En comparación con el frío y la oscuridad del castillo, la casa de Annie y Jack era completamente diferente. Allí se sentían a salvo, cómodos y a gusto.

Annie se detuvo frente a la puerta de su habitación. Se despidió de su hermano con una sonrisa cómplice y entró enseguida.

Jack entró en su habitación. Se quitó la ropa húmeda y se puso el pijama.

Se metió en la cama de un salto y abrió el cierre de la mochila para sacar el cuaderno; estaba mojado. Mientras buscaba el lápiz dentro de la mochila, encontró otra cosa.

Era el marcador azul de cuero. Debía de haberse caído del libro del castillo. Acercó el marcador azul a la lámpara y lo observó detenidamente. El cuero era suave y estaba muy desgastado. Parecía muy antiguo.

Mientras estudiaba el marcador, Jack descubrió que éste tenía una pequeña inscripción: una letra M muy elegante.

Luego abrió el cajón de la mesa de noche y sacó el medallón de oro.

Jack observó la letra M. Era idéntica a la del marcador.

Esto sí que era asombroso.

Jack respiró profundo. Había resuelto un misterio.

La persona que había perdido el medallón de oro en la época de los dinosaurios era la dueña de los libros de la casa del árbol.

Pero, ¿quién *era* esa persona?

Jack puso el marcador de cuero junto al medallón y cerró el cajón.

Luego tomó el lápiz, buscó la página del cuaderno que estaba menos mojada y escribió lo que había descubierto.

*La misma...*

Pero antes de escribir la letra M, se le cerraron los ojos.

Jack soñó que él y su hermana cabalgaban otra vez junto al caballero, en una noche fría y muy oscura. El caballo negro los llevaba más allá de la muralla del castillo, hacia la colina iluminada por la luz de la luna, hasta desaparecer entre la neblina.

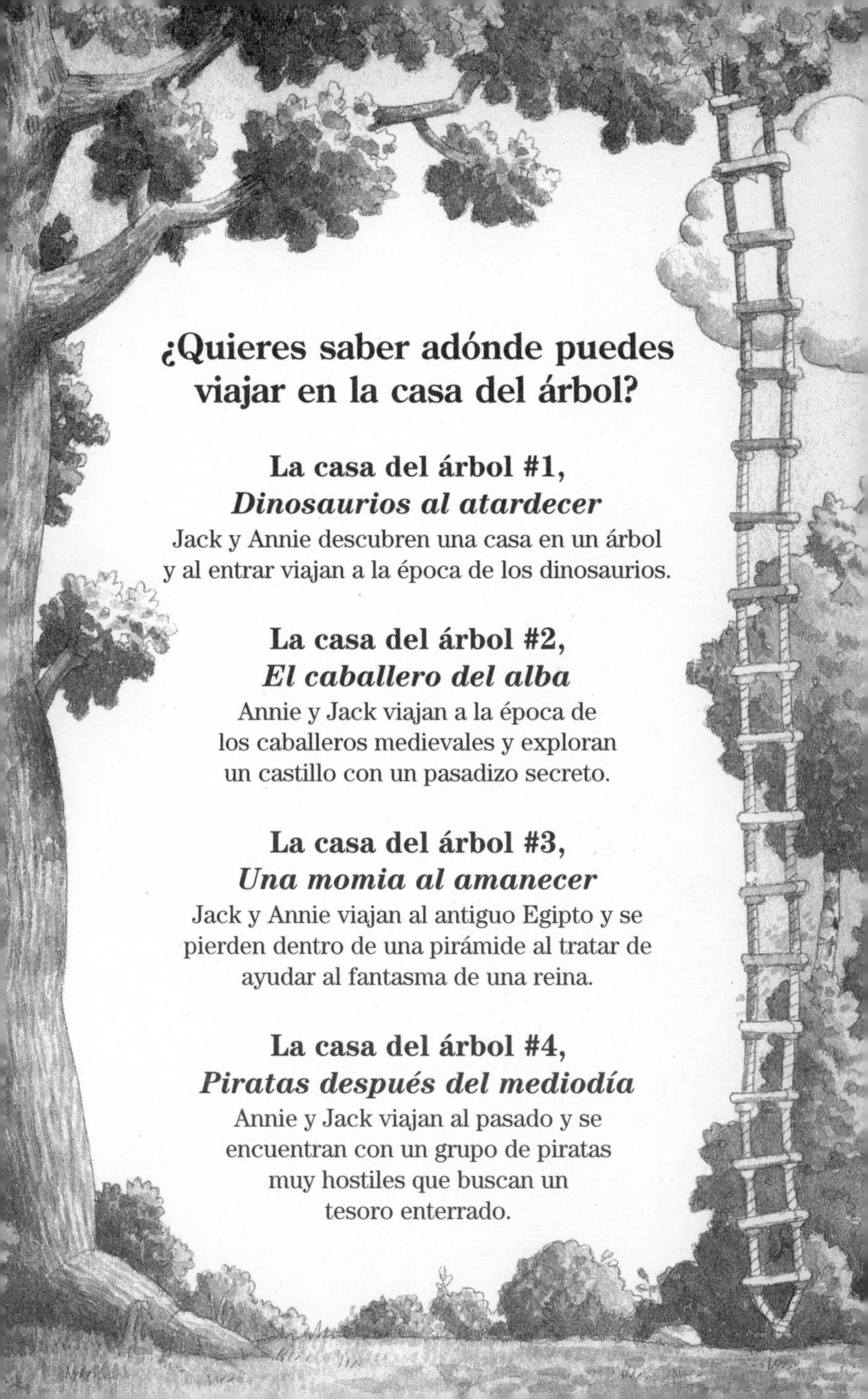

## ¿Quieres saber adónde puedes viajar en la casa del árbol?

**La casa del árbol #1,**
***Dinosaurios al atardecer***
Jack y Annie descubren una casa en un árbol y al entrar viajan a la época de los dinosaurios.

**La casa del árbol #2,**
***El caballero del alba***
Annie y Jack viajan a la época de los caballeros medievales y exploran un castillo con un pasadizo secreto.

**La casa del árbol #3,**
***Una momia al amanecer***
Jack y Annie viajan al antiguo Egipto y se pierden dentro de una pirámide al tratar de ayudar al fantasma de una reina.

**La casa del árbol #4,**
***Piratas después del mediodía***
Annie y Jack viajan al pasado y se encuentran con un grupo de piratas muy hostiles que buscan un tesoro enterrado.

Mary Pope Osborne ha recibido muchos premios por sus cuentos. Recientemente, cumplió dos años como presidenta de *Authors Guild*, la asociación de escritores más destacada de Estados Unidos. Mary Pope Osborne vive con Will, su esposo, en la ciudad de Nueva York, y con su perro Bailey, un norfolk-terrier. También tiene una cabaña en Pensilvania.